SOPA DE LIBROS

Juan Ignacio Luca de Tena, 15. 28027 Madrid
www.anayainfantilyjuvenil.com
e-mail: anayainfantilyjuvenil@anaya.es

1.ª edición, abril 2014
8.ª edición, enero 2017

Diseño: Manuel Estrada

ISBN: 978-84-678-6133-4
Depósito legal: M-5169-2014
Impreso en España - Printed in Spain

Las normas ortográficas seguidas son las establecidas por la Real Academia Española en la *Ortografía de la lengua española,* publicada en 2010.

Hematocrítico, El
Feliz Feroz / El Hematocrítico ;
ilustraciones de Alberto Vázquez. — Madrid : Anaya, 2014
72 p. : il. c. ; 20 cm. — (Sopa de Libros ; 165)
ISBN 978-84-678-6133-4
1. Humor. 2. Lobos. Vázquez, Alberto, il.
087.5:821.134.2-3

Feliz Feroz

SOPA DE LIBROS

El Hematocrítico

Feliz Feroz

ANAYA

Ilustraciones
de Alberto Vázquez

Para Isabel.
El Hematocrítico

A mi abuela Coralia.
Alberto Vázquez

Un día, al volver de sembrar el terror por el bosque, el Lobo Feroz llamó a su hermana por teléfono, para ver qué tal le iban las cosas…

—Hola, hermanita. ¿Cómo va todo?

—¡Ay, hermanito! ¡Estoy muy preocupada!

—¿Preocupada? ¿Qué te ocurre?

—Es por mi hijo... ¡No me da más que disgustos!

—¿De verdad? ¿Qué es lo que hace?

—¡Es un problema muy gordo! ¡Un problemón! ¡Resulta que tu sobrino es… BUENÍSIMO!

—¿Cómo…? ¿Cómo que buenísimo?

—Estudia mucho y hace todos los deberes, se pasa el día leyendo, tiene su habitación ordenadísima, y el otro día… ¡BUAAAAAAAH!

La Loba Feroz se puso a llorar:

—¿Qué? ¿Qué pasó el otro día?

—Pues que el otro día... ¡Ayudó a una señora a cruzar la calle! ¡BUAAAAAAAH!

—¡Pero qué me dices!

—¡Como lo oyes! ¡BUAAAAAH! ¡Yo no sé qué puedo hacer con él!

El Lobo Feroz no se podía creer lo que estaba escuchando. Los lobos feroces son unas bestias malvadas y crueles, y escuchar que un sobrino suyo se comportaba de esa manera, le daba dolor de corazón.

—Escucha, hermanita.
No llores más. Tú mándame
al Lobito este verano a pasar
las vacaciones conmigo.
¡Yo le enseñaré lo que significa
ser Feroz! ¡Le voy a convertir
en un Lobo Feroz, como su
madre, como su tío, como
lo fueron sus abuelos!

—¡Qué alegría! ¡Gracias,
hermanito! ¡Mañana mismo
te lo mando!

—No te preocupes, hermanita.
Tú déjamelo a mí, y yo haré que
tu hijo sea digno del apellido
Feroz.

Al día siguiente, el Lobito llegó a casa de su tío.

—Hola, sobrino. Bienvenido.

—¡Hola tiíto! ¡Cuánto tiempo sin verte! ¡Dame un besito!

El Lobo no le dio un besito. Lo que sí que le dio fue una colleja.

—¡Pero qué besito ni qué besito! ¡Los lobos no damos besitos!

—Oh, vale. ¡Cuántas cosas voy a aprender contigo! —respondió el Lobito frotándose la nuca, que aún le dolía.

El Lobito abrió su maleta y sacó un dibujo:

—Mira, tiíto. Te traje un regalo.

—¡Pero qué porquería es esta!

—Es un dibujito, tiíto. ¡Somos tú y yo! ¡Mira qué guapos estamos!

—¡Los lobos no hacemos dibujos!

El Lobo, enfadado, rompió el dibujo del Lobito.

—¡Ya está bien de estas estupideces! ¡Yo te voy a enseñar a ser un auténtico Lobo Feroz! ¡Ven conmigo!

—Los lobos feroces aullamos. Nuestro aullido se escucha en todo el bosque y llena de terror el corazón de sus habitantes.

Cuando suena nuestro aullido, los animales huyen. Los niños lloran. Las abuelas se esconden en sus casas. Los cazadores se echan a temblar. Repite conmigo: aaaaaauuu.

—¡Bueno, bueno! ¡No está nada mal ese aullido! Hay que pulirlo un poco, pero cuando te dé un par de clases más, sin duda, no habrá animal en el bosque que cuando escuche ese terrorífico...

—¡Cuidado! —el Lobito le interrumpió con un grito.

—¡Jolín, tiíto! Tienes que andar con más cuidado cuando caminas... ¡Casi aplastas a esta pobre mariquita!

—¡Uf! ¡Anda, ven conmigo!
—¡Adiós, mariquita!

El Lobo Feroz y su sobrino se escondieron tras un arbusto:

—Los lobos feroces tenemos que cazar para alimentarnos. Nos escondemos en cualquier lugar del bosque, saltamos

sobre nuestras presas indefensas y comemos y comemos lo que nos da la gana hasta tener la barriga bien llena. ¡Mira este prado! ¡Ahora! ¡Vamos, ataca! ¡Llénate la barriga!

—¡Tenías razón! ¡Este prado es buenísimo para comer! ¡Qué zanahorias más sabrosas! ¡Y esos tréboles tienen una pinta deliciosa!

—¡Ven conmigo! ¡Qué vergüenza!

—¡Adiós, conejitos!

—Los lobos feroces somos astutos. Con nuestra inteligencia, engañamos a la gente para que caiga en nuestras trampas. ¿Ves a esa niña? Va a llevar la merienda a casa de su abuelita.

Vete a hablar con ella y cuéntale una mentira. Convéncela para que vaya por el camino más largo, así llegaremos nosotros antes y la estaremos esperando para comérnosla.

El Lobito se plantó en medio del camino:

—Hola, Caperucita, ¿qué llevas en la cestita?

—La merienda para mi abuelita.

—¿En serio? ¿Y qué es?

—Unas tortitas con mermelada.

—¡Qué buena pinta! ¿De qué es la mermelada?

—De arándanos. ¿Quieres probarla?

—¡Muchas gracias! ¡Qué buena eres!

—¡Y tú, qué simpático!

El Lobo tuvo que interrumpir la merienda y arrastró a su sobrino de las orejas hasta su casa.

De vuelta a la madriguera, el Lobo rebuscó en un viejo baúl que tenía en el sótano.

—Los lobos feroces somos maestros del disfraz. Capaces de convertirnos en quien queramos para llevar a cabo nuestros terribles planes. ¿A ver cómo te queda...? ¡Perfecto!

32

El Lobo le explicó su plan al Lobito:

—Ahora vas a llamar a la puerta de la casa de la abuelita. Cuando abra..., ¡te la comes! Luego te metes en su cama haciéndote pasar por ella. Y cuando llegue esa niña..., ¡te la comes también! ¿Estás listo?

—Claro, tiíto.

El Lobito llamó al timbre de la casa de la abuelita.

La abuela abrió la puerta de la casa y se puso muy contenta:

—¡Caramba! ¡Pero si es mi amiga Felisa que viene a hacerme una visita! ¡Pasa, pasa! ¡Qué bien!

Y Fernanda preparó en un periquete la merienda que servía a sus amigas cuando la visitaban.

—¿Un poco más de té, Felisa?

—Me encantaría, ¡muchas gracias!

El Lobo, desesperado, se daba de cabezazos contra la ventana.

Abrió la puerta de una patada y se llevó al Lobito tapándose la cara de la vergüenza que estaba pasando por tener un sobrino así.

—¡Hasta la vista, Felisa, vuelve cuando quieras!

—¡Adiós, Fernanda!

El Lobo Feroz no se daba por vencido y todavía tenía cosas que enseñar a su sobrino.

—Los lobos feroces sabemos soplar. Nuestro soplido tiene la fuerza de un huracán. Es capaz de derribar casas y de arrancar árboles. ¡Mira!

—A ver yo, tiíto.

Un poderoso viento salió de los pulmones del Lobito, casi tan poderoso como el de su tío.

El Lobo por fin tuvo motivos para ponerse contento. Su sobrino tenía un soplido realmente feroz.

—¡Qué alegría! ¡Sí, señor! ¡Este es mi sobrino! ¡Tienes un soplido como el mío! ¡Ven conmigo!

—¡Vamos a practicar ese soplido! ¿Ves a esos cerdos de ahí? Se han construido unas casas para protegerse de los

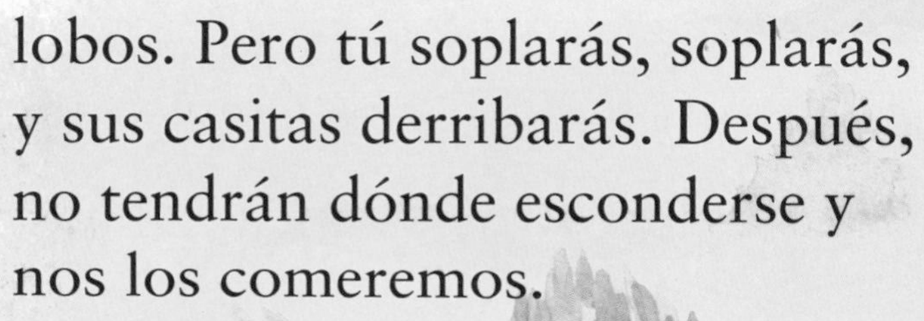

lobos. Pero tú soplarás, soplarás, y sus casitas derribarás. Después, no tendrán dónde esconderse y nos los comeremos.

—Muy bien, tiíto.

—¡Qué estupendo soplido me enseñaste, tiíto! ¡Mira cómo vuelan estas cometas!

Los cerditos bailaban y cantaban entusiasmados con el divertidísimo soplido de su nuevo amigo.

—¡El soplido no sirve para eso! —El Lobo estaba furioso—. ¡Vámonos de aquí antes de que se me caiga la cara de vergüenza!

El Lobo, desesperado, pensó en un último plan.

—Mira, Lobito. A lo mejor cuando saborees unos deliciosos cabritillos, cambias de idea. Conozco una casa donde viven siete. ¡Siete sabrosos cabritillos! Cuando su madre se vaya a hacer la compra, nosotros les engañaremos para que nos dejen pasar.

—¿Cómo haremos eso, tiíto?

—Bebiendo huevos crudos se te afinará la voz, y embadurnándote la pata con harina parecerá blanca. Así se creerán que eres su madre y te abrirán la puerta.

El Lobito obedeció a su tío y se pintó la pata de blanco. Golpeó la cáscara del huevo contra el borde del cuenco para cascarlo, pero se armó un lío.

—¡Anda! ¡Se me ha caído el huevo en la harina!

El Lobito
se quedó
mirando
el cuenco,
fascinado.
Metió
la pata,
lo removió,
y se chupó
los dedos.

—¡Espera
un momento,
tiíto! ¡Un
momento!

—Pero…
pero…
¿adónde
va este?

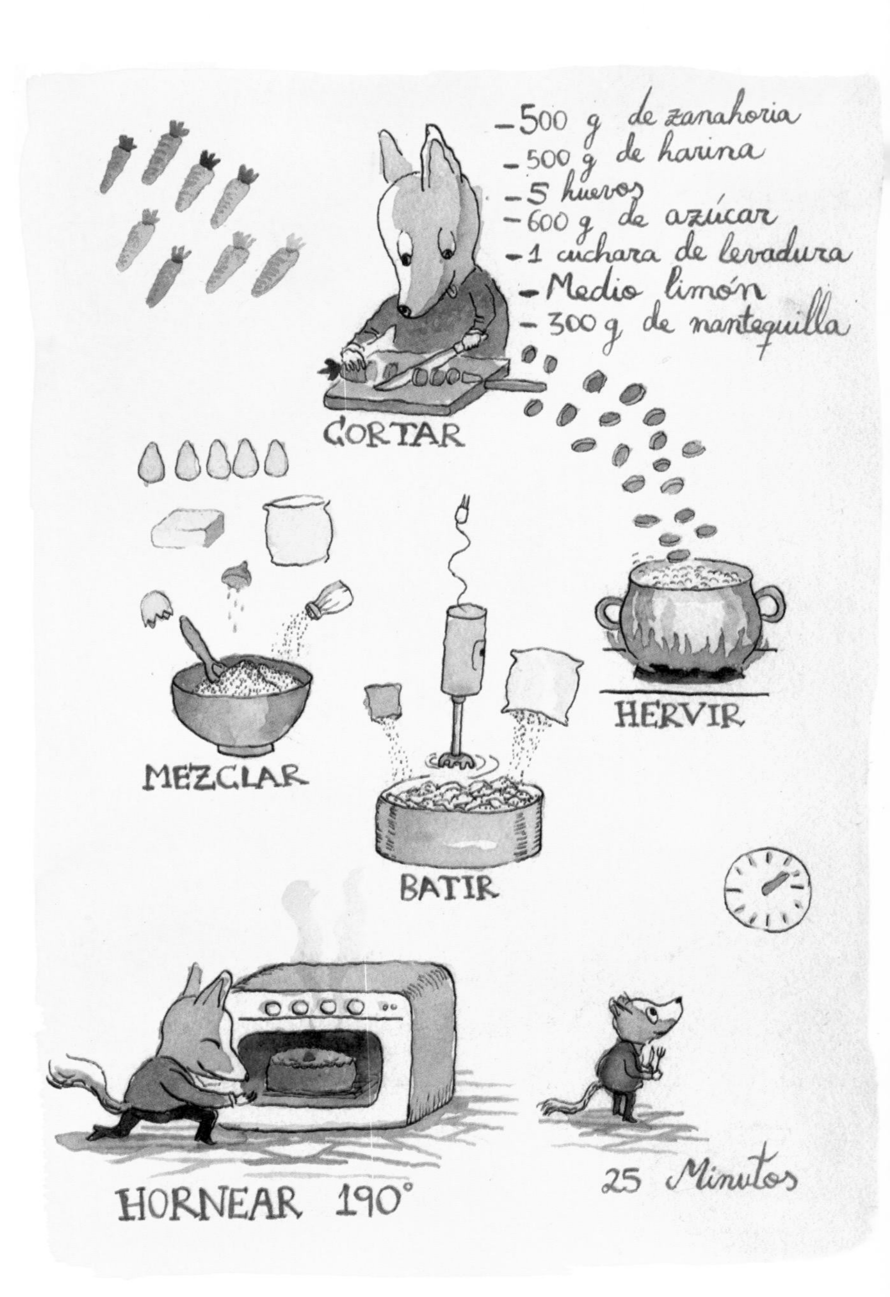
-500 g de zanahoria
-500 g de harina
-5 huevos
-600 g de azúcar
-1 cuchara de levadura
-Medio limón
-300 g de mantequilla
CORTAR
HERVIR
MEZCLAR
BATIR
HORNEAR 190°
25 Minutos

—¿Esto qué es? —preguntó el Lobo, enfadado.

—Una tarta de zanahoria —respondió el Lobito—. Pensé que sería una pena malgastar esa harina tan estupenda y esos huevos tan frescos. Y, además, con las zanahorias tan sabrosas del prado al que me llevaste...

Eso fue la gota que colmó el vaso de la paciencia del Lobo, que ya no aguantó más y montó en cólera. Se puso a gritar, enfadadísimo.

—¡Basta ya! ¡Estoy harto! ¡Eres la vergüenza del apellido Feroz! ¡He hecho todo lo que estaba en mi mano, pero es imposible!

—Tiíto, no te enfades —dijo el Lobito con cara de pena—. Es que hay un programa de cocina en la tele que me gusta mucho y quería probar a ver si me salía. ¿Por qué no la pruebas? Es una tarta muy rica.

—¡Qué tarta ni qué narices! ¡Eres un…!

Unos días después, la Loba Feroz llamó a su hermano por teléfono para preguntar por su hijo.

—Hola, hermanito.

—Hola, hermanita.

—¿Qué tal está mi hijo?

—Bueno..., la verdad es que está muy bien.

—¿De verdad? ¿Por fin podemos estar orgullosos de que lleve el apellido Feroz?

—Más o menos... ¿Por qué no vienes hasta aquí y lo ves tú misma?

RING
RING

La Loba Feroz llegó a casa del Lobo y, nada más abrir la puerta, le preguntó impaciente:

—¡Hermano! ¡Me tienes en ascuas! ¿Ha aprendido ya mi hijo a ser Feroz, como nosotros?

—Ven conmigo… Quiero enseñarte algo.

—Pero ¿esto qué es?

—Bueno, hermanita, tu hijo prepara unos postres que meten miedo de lo ricos que están.

PASTELERIA
FEROZ

Y fueron felices, y comieron buñuelos de crema con jarabe de grosella y canela.

—¡Mucho mejor que las perdices! —dijo el Lobo.

Escribieron y dibujaron…

El Hematocrítico

—El Hematocrítico es autor de varios blogs humorísticos de éxito, y continúa extendiendo su fama en twitter. Colabora en las revistas Cinemanía *y* Mongolia *y en el programa* Top Chef *y ha publicado dos libros basados en sus blogs. Además, es maestro de Educación Infantil, Inglés y Primaria. Díganos, ¿por qué se ha decidido a escribir para niños, algo que parece muy distinto a lo que usted suele hacer?*

—Es muy distinto a lo que suelo hacer... en Internet. En realidad, trabajo como maestro con niños pequeños desde hace doce años. Es un público que me encanta y con el que tengo contacto a diario. En el cole siempre toca estar inventando cosas para entretenerles, así que el paso no era tan difícil de tomar.

—¿Por qué ha escogido al lobo, el villano típico de los cuentos clásicos, como protagonista de su relato?

—Me interesaba mucho crear humor partiendo de las cosas que conocen los lectores. Si el protagonista es el Lobo Feroz (y familia) y los secundarios son Caperucita o los tres cerditos, no tienes ni que presentarlos. Al conocer ya las referencias, los niños entran en la historia con facilidad y captan a la primera lo divertido de las situaciones.

—*Usted es maestro en una escuela infantil, ¿el contacto con los niños le inspira para su faceta de escritor? ¿Y para la de tuitero?*

—¡Muchísimo! He leído en mis clases un cuento a diario durante más de una década y, además de disfrutar enormemente, me ha servido para intentar comprender los gustos y el sentido del humor de los niños más pequeños. ¡Es una experiencia maravillosa! Como tuitero, digamos que estar constantemente rodeado de un público tan exigente y con tanta energía hace que esté siempre despierto y buscando cosas interesantes y curiosas que contar. Y sí, los tuiteros son un poco como niños pequeños.

Alberto Vázquez

—Alberto Vázquez es licenciado en Bellas Artes por la Universidad de Valencia. Dibujante en general, y en particular de cómics, sus libros han sido editados en España, Francia, Italia y Brasil. ¿De dónde le viene su vocación de ilustrador? ¿Recuerda a algún ilustrador que le haya inspirado especialmente?

—Mi vocación es bastante tardía. Como todo niño, de pequeño dibujaba, pero luego en la adolescencia dejé de hacerlo. Con dieciocho años, al entrar en Bellas Artes, conocí mejor el mundo de la ilustración y el cómic y me gustaron mucho las posibilidades narrativas y expresivas del medio. Pero, sobre todo, la posibilidad de poder contar historias mediante el dibujo me pareció algo fascinante. De aquella época me influenciaron bastante dibujantes con un punto experimental, como Federico del Barrio o Raúl y la revista de cómics *underground Nosotros Somos los Muertos.*

—*¿Qué le ha parecido dar forma a estos lobos tan originales?*

—Pues una experiencia muy bonita porque es un proyecto a medias con un buen amigo, El Hematocrítico, y siempre es enriquecedor a nivel personal trabajar con gente a la que aprecias. Queríamos hacer un libro juntos y él me enseñó el texto y nos pusimos a trabajar sin saber quién o cómo se iba a editar. Solo por hacer un proyecto conjuntamente. Después, contactamos con Anaya y también le gustó el proyecto, con lo que salió perfecto.

—*¿Alguna escena le ha resultado más difícil de ilustrar? ¿Cuál y por qué?*

—No, ninguna me costó especialmente. Bueno, las dobles páginas siempre tienen más complejidad, pero cuando tengo claro el estilo y sus limitaciones, me adapto bien. No sé, todo cuesta, hacer un libro cuesta, pero al mismo tiempo miro hacia atrás y me parece que fue todo bastante fluido y relajado, quizás porque me lo planteé a largo plazo y lo hice con calma.